시집 고아원

시집 고아원

유수화 시집

인쇄일 | 2024년 10월 01일
발행일 | 2024년 10월 07일

지은이 | 유수화(진태숙)
펴낸이 | 김영빈
펴낸곳 | 도서출판 시아북(詩芽Book)

출판등록 | 2018년 3월 30일
주소 | 대전광역시 동구 선화로214번길 21(3F)
전화 | (042) 254-9966
팩스 | (042) 221-3545
E-mail | siab9966@daum.net

값 12,000원

ISBN 979-11-988695-8-6(03810)

* 이 책은 세종특별자치시와 세종시문화관광재단의 후원으로 발간되었습니다.

시집 고아원

유수화 시집

시인의 말

이제 겨우 시인나라 문을 열었을 뿐인데
'홀로서기' 다

두두물물 별세상으로 여행 중인 스승의 그림자
꿈속 스승의 옷자락 붙잡고
혼자 설 수 없다고 떼를 부리다 깨어난 여름밤

별 하나 유달리 반짝인다
저 별 마음에 달고 가라고 하니,
뒤뚱뒤뚱 걸어본다.

2024년 별 총총 여름밤, 스승 박제천별을 보다

유수화

2부
가을 술방에서 우문현답하다

5부

시인의 에스프리

1부

소소원에 항아가 산다

시집 고아원 1

소소원 문배나무 하얀 배꽃이,
어쩌지 못한 꽃잎들이 날리는 날 오시렵니까

그대가 열어놓은 영창에 어룽거리는 그림자
앉지도 서지도 않은 그림자만 갖고 오시렵니까

먹먹하게 쓰다가 마음 칸마다 놓아두고 간
어쩌면 잊어버린 이야기가 살고있는 곳

달빛 서정이 자자하게 뜨고 지는 집,

혹여, 그대의 고단한 언어가 쉬기를 청한다면
문배나무 꽃이 지기 전에 오세요.

느티나무 연대기

- 소년은 시인이 되었다

소소원으로 가장 먼저 해가 들어오는 곳에 느티나무 심었다
느티나무 동쪽 창으로 걸어가는 소년
소년의 연초록 마음 길에 봄이 여름이 가을이
겨울이 걸어갈수록 넓어지고 다져지는 느티나무 시간

시간아, 부르면 동무 삼아 어깨를 내어주고 있어

한 뼘씩 자라는 어깨 품으로 의자를 놓아두고
산비둘기의 깃털, 젖은 발자국 쉬어간
한켠에 기대 잠을 청해 본다

펄럭펄럭 산바람 가슴까지 끌어 덮고 단잠을 잔
그 소년의 낯빛으로
여러 날 잠들지 못한 춥고 어둔 밤을 햇살에 널어본다

달마, 그대가 동쪽으로 간 길에
느티나무에 기대어 햇살 짐을 부려놓은
시인 김용범의 소년 시간, 동무가 되었는가.

유월의 산딸나무

소소헌시림으로 이사 온 산딸나무 맞이하는 날
아직은 잠이 덜 깬 삼월 햇살이 따순
땅심으로 둘둘 만 손을 내밀어 주었다

고단한지, 축 처진 육신, 구부정한 느린 발걸음
덜컹 겁이 났지만, 믿었다

링거 줄이 주렁주렁 가지 치고
숨결 소리 가랑가랑 이어져도
늘상 뿌리내린 곳에서 파릇한 그늘 짓는
그는, 불사신 아니던가

누구든 그늘에서 놀이꾼으로 앉아도
무심한 듯,
드는 자리 나는 자리 보여도 무심히 품은 삶

여기, 산딸나무 그늘 짓고 있답니다

소나무 능선 중턱으로 기울어지는 하루
언어를 물감으로 풀어놓으시는 노을 길목에 서서

시인 박제천의 시객이 되렵니다
마음 얼룩 고르게 물들어 보렵니다.

모과나무 처녀

햇살이 하루가 다르게 뽀얗게 분을 내며
익는 소소헌시림의 모과나무, 처녀랍니다
조그만 산골로 들어온 처녀랍니다

울도 없는 마당 가득 별이 들어오기도
부엉이가 가끔 오기도 하는
어린 들고양이가 배고픈 발자국을 남기기도 하는

초가지붕도 여우도 없고
놋양푼에 엿을 녹여 먹지는 않지만

봄의 화관을 쓰고 있는 처녀랍니다

그녀의 별과 부엉이 그리고 들고양이가
저렇게 봄볕에 나른하게 기대어 잠들게 하는
봄처녀, 시인 박남주랍니다.

* 노천명의 「이름 없는 여인」 일부 이미지 인용

소소원 별 보기

- 나고음 별

여우 모피 성운으로
불리기 시작한 샤프리스 카탈로그 성운은
화려한 색으로 빛나는 나의 별이다

그곳으로 무지개 모양 탯줄 내리고
사막을 달리는 붉은 여우의 눈빛에 마음을 넣고
바람의 길을 걷는 여행자,

때론 낙타의 등처럼 휘어진 마산 모퉁이를 걸어가는
늘상 별빛을 담아놓기만 한 세상 읽기의 부끄럼쟁이,

불꽃 저울을 마음에 달고
가을볕에 나서니, 휘어지게 익어가는

지구별 소소원 대추나무에 도착했다.

시집 고아원 2

소소헌시림에는
부끄러움이 많은 별이 살고 있습니다

부초꽃 사이로 반딧불이 사랑놀이 손짓을 하여도
달무리에 문고리를 걸어놓고 있지요

둥둥거린 하루가 순해지는 시간에
송순 뚝뚝 끊어 빚어놓은 송순주에 용수 박아 고인 술
마른 목을 축이는 날이면

구름 뒷자락을 끌어다 반쯤 가린 낯빛으로
꼬리 끝을 살짝 내밀어 흔들지요

여간해서는 마주하기가 쉽지 않지만
술향에 끌려
벗으로 오기도 합니다

주변머리 없어 연애시 하나 내놓지도 못하고
꾸덕꾸덕 기울던 빗방울이 떨어지면
알을 품고 졸고 있는 가제의 안부만 적어놓고 헤어지는

이래저래 끼리끼리 어울려 살고있는
송순주가 익어가는 소소헌시림 여름 한 철입니다.

소소원 안내문

여기는 개인 소유 부지입니다
김 씨의 누렁이가 살고 있습니다

밤나무골로 들어오는 날에는
김 씨의 누렁이가 먼저 차 앞에 앉아
클랙슨을 울리거나 말거나 멀뚱히
김 씨처럼 바라봅니다

빗물을 철푸덕철푸덕 치대고
김 씨의 눈처럼 껌벅이고 바라봅니다

봉선화이거나 달맞이거나 자리공의 보랏빛
시인의 눈길이 아니면
사유지에 들어오지 마시길 바랍니다.

소소원 여름나기

음력 6월 10일 초복, 햇살이 가장 쏘아대는 시간
갈빛 개구리 펄쩍 내 앞을 지나고 연분홍 얼룩무늬 꽃뱀
어어 하는 사이 이어가고 저저 오미헌 사장 손가락 끝으로
어디어디 두꺼비 걸음이 바통 터치한다

그렇지, 달리기가
체력 보강에 제일이지

누군가 세상살이도 달리기라 하더라고.

이제, 소소원 달이랑 놀아볼래요

항아를 사랑한 사내가
소소원에 살고 있다지요

매몰차게 끊어진 인연의 타래가
가닥가닥 풀리어 낡아진 채 흔들리는 한낮

마음자리 다 부려놓은 문배나무 꽃으로
날리기도 앉기도 으스러지기도 한다지

누구도 사내를 본 적은 없다지만

두레박 줄이 출렁출렁 긋고 간 듯한
훤한 영창의 소소원 반달은 보았지

소소원 사내의 이야기가 자자하게 뜨고 지는
나무꾼의 낮달은 보았지

문배나무 배꽃 같은 눈이 오는, 소소원 삼월
사내의 그리움이 달이 되지

봄눈이 그치면 그대의 달이 보이지요.

마음 보시

이렇게 겨울 소나기가 징크 지붕 두드리는 날에는
마음 한 장 들고 붉은 흙물에 잠긴 마음 길을
하나씩 건져 햇살 드는 쪽으로 놓아두고 오자

이렇게 바람이 술방 창문에 기대어 우는 날에는
마음 씨앗 하나 묻어 두어야겠다
겨우내 품은 잎 꽃대 꽃술
입 맞춘 기억 들고
화주가 익는 길에 심어놓고 오자

엉겅퀴 한 무더기 마음 따라
봄을 키우고 있는 소소원입니다.

소소원에 첫눈이 오면

눈이 오기 전에
얼룩덜룩 찰지게 붉어진 아그베 열매를 딴다
한입 베어 물자 떫떠름하고 시큼한 맛이 가득하다

이맘때쯤이면
청을 담아놓아도 별반 손이 가지 않지만
열소독 한 항아리에 아그베 열매를 봉인한다

낯설지 않은 기억의 맛

첫 키스의 새콤하고 떫은맛

아그베나무 그림자에 첫눈이 오는 날
아그베낯빛으로 다가온 그대의 기억을 열겠습니다.

우수인 오늘, 맑음이다

소소원小笑園 술방에 비설거지를 늦도록 하고도
염려스러워, 이른 새벽에 가는 길이 바쁘다

올해, 칡물로 술을 빚어볼까 해서
암칡을 볕 좋은 우물가에 두고 온 일
흙물을 가라앉히려고 받아 놓은
물통도 덮지 않은 일
이런저런 염려가 덩어리로 굴러간다

절기가 우수雨水 일 땐 늘상 부슬비가 내려
겨우내 얼은 땅심을 깨운다고 일러주신 어머니,
새겨들은 시간이 더욱 나를 다급하게 하니
늘 다니던 거리가 왜 이리 멀기만 한지

마음과 다르게 이상하지, 먹구름이 걷히고 있다
팔순 노모가 짚어 준 절기가 빛나가는,

(저렇게 마구잡이로 땅덩어리 부려먹으니
무엇인들 남아서 제 일을 하겠는가)

소소원 햇살에 기대어
노모의 걱정스런 목소리 안에 내 허물도 돌아본다.

느리게 사는 법

소소원에 비가 온다
장맛비가 내린다는 날을 나흘 지나온다

소소원에 사는 김 씨도 참 더딘 걸음으로 와서
이미 비가 다 들어와 차지한 현관문을 고친다고 한다
아마도 여러 번 다그친 내 성화가 열흘은 되었을 것이다

성질 급한 경상도 여자가 살기에는 어려운 이곳, 소소원

김 씨를 닮은 누렁이놈도 날 무시한다

내 성질을 들은 체도 안 하고 어슬렁거리며 내 앞을 지나간다
잘잘못을 따지거나 말거나 멀뚱히 바라보고 서서는 구경한다

김 씨처럼 바라본다 동동거리는 내 모양새가 재미난 듯 웃는
김 씨처럼 풀린 고삐로 눈만 껌벅이고 있다
고삐도 허술히 맨다고 욕하는 나에게 무어라 짖는다

소소원에 들어오는 길목,
위라리 1구 장수촌 팻말을 이해하려면
김 씨의 누렁이 말을 알아들어야 할 것이다.

상처가 날 키운다

장맛비가 지나간 비비추 길이 온통
패여 산물이 사납게 흐르고 있다

벌러덩 엎어진 비비추
뿌리가 들떠 바르르 흔들리는

울타리를 치고 찢어지고 갈라진
비비추 대공 자리에 마른흙을 부었다

자잘하게 상처를 덮어 주었다

소소원 비비추, 말문을 여는 걸까
잎의 촉들이 겹겹으로 앞서거니 뒤서거니 올라온다
하루 볕이 다르게 수런수런 흔들리고
아주 수다스럽다

초록 시간이 영글고 있다
귀 열고 눈 맞추고 다가서서
지지대를 뽑아주는 오늘, 내 상처
비비추의 꽃대가 오뚝하게 섰다.

잠시 비는 소강<small>小康</small> 중인데

칠월 소소원 하늘은 젖어있다
하루도 마른날이 없고 퉁퉁 불어있다

부스스 날리는 황톳길 흙바람 발자국
요리조리 맵시를 자랑질하던 코스모스랑 달개비랑
질그덕 질그덕 물에 잠긴 채 엎어져 울고

도대체 누구의 설움이 이리도 흥건하게 넘치는 건가
아직도 이승에 머물러, 숨결조차 흐느끼는 그대 이야기인가

어차피 혼자 가는 거라고
주문처럼 달래어 잠시 멈춘 장맛비 산허리로
그림자도 없는 그대 뒷모습이
안개에 묻혀 소나무 능선을 넘어가니, 난 이제야

소리 없는 눈물이 마음 골을 파고 있다.

달마중

갑자를 한 번 돌고 서 보니,
마음결이 얕아졌다

밤이면, 닳은 마음이 쿡쿡 쑤시니
결마다 생채기 진 시간이 새록새록 그림자 짓고
결마다 쌓인 숨결이 절로 길게 새어 나온다

마음보를 내 맘 가는 대로 펼치고
접고 담고 제끼고 써버린 지금,

소소원 터주에 기대 고질병 좀 털어보자
시 쓰기를 밀어놓고
별 꼬리나 찾으며 어둠이랑 게으름 피워보자

10월 달빛이 저렇게 내 곁으로 젖어오니
한바탕 뒹굴자고 끌어당기면 놀아도 보자

눈치 없이 치근댄다고
하룻밤 연애는 무슨, 시 쓸 새도 없다는

너스레 떠는 변명에게 일침을 주고
소소원 터줏달, 그 속창으로 훤하게 스며 들어가자.

마음에 봄을 짓고 있는 문배나무 상남자

겨울 끝이 길은 소소원
어제 내린 봄눈으로 살얼음 얹은 서쪽
해 기운 하늘 끝으로 흰나비 눈길을 끌어 걷다 보니

야생의 문배나무를 처음 알아본 그해처럼
두어 발 뒷걸음으로 앞에 섰다

커다란 그늘 짓고 조선소나무 터에서
뒤지지 않는 배짱의 눈빛이 성성하여

선뜻 다가서서 악수를 청하기가 어려웠던
발길을 돌려 에둘러 지나갔던 그곳

이리저리 흰나비 날갯짓에
배꽃의 잇속이 보이도록 품을 내주고 있었다

단단한 사내의 가슴을 열고 훈기를 내주고 있었다
센 척하는 낯빛이 온통 배꽃 풍미이니,

알다가도 모를 강우식 시인, 그 남자의 사랑법,

봄 봄 봄, 봄이구나.

시집 고아원

유수화 시집

2부

가을 술방에서 우문현답하다

사과주 빚는 날
- 현자의 답을 찾아 그대에게 전한다

홍옥, 너의 붉은 침묵을 자른다
어떤 양해도 없이 잘게 자른다
제문이 향불에 어룽대는 동안 산 제물로,
숨을 쉬듯 허리를 곧추세우고
흔들림 없이 접어둔 시간의 육즙이 흐르고 있다

그 육즙 결을 열어 누룩에 고루 치대어가다
흥건하게 육향이 살아날 즈음 밑술을 붓고 술항아리에 담아둔다

가던 걸음으로 오고 오던 걸음으로 가는,
누룩 향이 깊어지는 시간의 문에서
알 수 없는 부호로 술항아리를 툭툭 흔들고 있다

그대인가
가장 가까운 붉은 별과의 거리에 서서
때때로 발꿈치 세워 스치는 바람에라도
산 채로 신의 제물이 된 안데스 소녀의 마지막 기도인가

비명조차 익히지 않은 죽음의 소리,
발효된 침묵이 출렁이는 눈빛,

밀친 술방 창으로 별길 밟아 세상 살아가는 이치,
어떤 이야기로 상처를 안아주는지 묻는, 그대인가

가을 정령들이 눈을 뜨는 새벽
법문을 외듯 답을 찾는
홍옥의 풍미가 술방 가득하다.

심청이가 아버지에게

- 하향주荷香酒

아버지 술방은 밤낮이 8월 염천으로 끓어오르는데,
오늘도 멥쌀을 백세 작말하여 익반죽으로 구멍 떡을 빚어요
끓는 물솥에 구멍 떡을 넣고 동동 떠오르면, 덩어리 없이 풀어주지요

적삼까지 젖어오는 열기로 염천 같은 이 그리움의 알갱이도
으깨어가며 풀어봅니다
아버지가 일러준 방법대로
보이지 않는 세상 이야기까지 누룩가루에 고루 버무려
술항아리에 발효시킵니다

여러 날 여러 달 여러 해 빚고 또 빚어요
더디게 보이는 세상 저 너머로 걸어오는 노을 따라
그대의 마음으로 그대의 걸음으로 뜨거움 풀어낸
세상살이 빚어가는 법,

결코 쉬운 일이 아니지만, 만나야 할 사람은 만난다고 하지요
그래요, 방방곡곡, 연꽃 향기의 하향주荷香酒 풍미가 익어갑니다.

삭풍朔風에 속을 데운다
- 농주

삭풍朔風은 나무 끝에 불고

명월明月은 눈 속에 차다는

그대는 지금, 어디

10월 10일, 멈춰버린 노래

바람도 묵념하는 마음 터에

댓잎에 맺힌 찬 이슬까지 우려 빚은

농주 가득 부어 시린 한을 데우니,

이승과 저승의 경계를 흔드는 그림자

푸른 대나무에 묻힌 달빛 흠향 노래인가

긴 파람 큰 한 소래에 거칠 것이 없는 그대, 김종서인가.

혼인 전야
- 동동주

반딧불이 어지럽게 내 발걸음을 따라오는
어머니의 우물가 앞개울에서 멥쌀을 씻어요
맑은 물이 날 때까지 여러 번 씻어야 해요

문득, 별빛도 달빛도 없는 곳
어둠을 갖고 노는 반딧불 두 손에 모아
개울 물소리에 놓아주니

어머니의 젖물 같은 쌀뜨물,
돌 틈으로 물풀 사이로 여러 갈래,
세상 물길로 흘러갑니다

저 길을 가다 보면, 닿는 곳 인당수인가요
어머니, 칠 일 동안 물고 빨던 어머니의 젖물 길인가요

이제, 반딧불 빛에 기대어 동동주 고두밥을 앉히듯
어머니 세상으로 가려는 마음자리를 맑게 씻어
출렁출렁 흘러 흘러가고 있습니다

시린 발도 시린 줄 모르게 들려주신,
어와둥둥 내 사랑 어와둥둥 청이야
귓불까지 취한
아버지 자장노래, 그 육정,
휘몰아치는 바닷길에서 열두 폭 치마로 가리어 끊어내고
어머니, 어머니 품에 안기듯 가 볼게요

 젖 내음 듬뿍 고인 어머니의 우물에서 떠온 탕수를 붓고
 어머니가 빚은 것처럼 빚어놓은 동동주는 속절없이 익어
가고 있네요

 동동주 같은 인당수, 세상 물길을 빚어 보렵니다
 아버지를 외면한 독한 마음, 어머니의 풍미로 상처를 풀어
가렵니다.

매창, 어느 별에서 언약주를 빚고 계신가요
- 머루주

　부안 갯바위에 구부린 바람 곁으로 다가가 그대 품인 양 끌어안았습니다 열흘이 하루가 되어 거문고 줄에 묶어놓은 그대의 그림자, 달빛을 밀고 들어오는 풍미에 어지럼이 일렁이는 순간들이 머루향으로 익어갑니다

　이마에 손을 얹고 머루빛 머릿결을 바라보던, 그대의 눈빛은 술방에 앉아있습니다 오늘도 봉래산머루를 고두밥에 고루 버무려 술독에 앉혀 저어 줍니다 매일 하루 한 번 뒤집어 주고 맛을 보던 그대의 불콰한 웃음은, 지금 어느 여인의 귓불에서 맴도는 것인지 문득 알 수 없는, 발효되지 못한 시간이 쓰디쓰게 오장 육보 흔들어요 아픕니다

　멥쌀 2되로 고두밥을 찌고 누룩 1되에 물 2되 고루 부어 섞어서 사흘 지나 달디단 밑술이 된 오늘, 흐르는 물기 거둔 머루 5킬로에 백세한 찹쌀로 하룻밤 재워 찐 고두밥 섞어 밀가루 반 되와 물 4되에다 누룩 반 되 다시 부어 고루고루 속까지 버무려서 술독에 앉히니 술방이 온통 머루밭입니다

날마다 저어 줄수록 쓰디쓴 맛이 올라 진저리치는, 속이
상합니다

나의 연인 이백은 오래전에 달이 되었고 봉래산 눈발은
미친 듯이 나에게 달려드니, 그대가 되어 오늘은 머루주를
부안 갯바위에 앉아 마시렵니다 참 씁니다.

두향 별곡
- 진달래 술

사별이탄성死別已呑聲 생별상측측生別常惻惻 이라고요
그대를 품고 사는 동안 시로 살라는 건가요

행간에서 한 줄도 나서지 못하고 하루에도 수천 번
사는 것이 죽는 것이라는 시로 잊으라는 건가요

차마 바라보지도 읽어내지도 못한 마음으로
그대의 옛길, 도산계곡 물 퍼 올려 빚은 삼짓날 두견주,

단양 강선대의 달을 담아 이제 보냅니다

매화가지 휘어진 길 따라
매화 꽃망울 같던 시간 놓아두고 돌아가렵니다

그대 그림자 눈에서 아득하게 지워지는
달빛 같은 봄눈이 날립니다

두향, 그대의 부치지 못한 이야기가 익어갑니다.

절주節酒하지 못하는 소소원의 밤
- 구절주

구절초로 빚은 화주花酒가 농익는 술방
오래전, 그대가 보내준 구절초 씨앗 봉투가 생각난다

빼곡한 우리의 가을
비틀거리게 어지러운 이야기
하얀 종이봉투에 소복이 담겨있어

스무 살 총총한 가을이 잠시 스치고 가는 밤

이제, 구절주 풍미의 술방 문을 닫고
그대에게 답하지 못한 사십 년 전 사랑아,
안녕하신지
홀로 자작하는 밤, 귀뚜리 소리 요란하다.

어머니의 누룩

통밀 3.6킬로를 거칠게 빻아서 통밀과 물의 비율을 팔 대
이로 반죽을 한다 베 보자기를 깐 틀에 맞추어 다진 반죽
단단히 채운다 틀에서 뺀 뒤 바닥에 짚과 마른 쑥을 깔고
층층이 쌓아 온도를 25도 유지하여 띄운다 사흘 간격으로
바꿔 쌓기를 스무날 정도 몸도 마음도 허투루 곁을 비우지
않는다 황국균이 피어난다

보이지 않는 세상에서 보이는 세상으로 도착했다 정월 십팔
일이다

누룩이라 이름 지어 볕으로 내놓아 물기를 말리는 어머니.

날마다 포옹한다
- 감주

상강이 지난 월하감나무에 서리가 앉는 날이면
하루가 다르게 냉냉한 술방

술방 창으로 젖은 감잎이 하나 둘 다가와
새털구름인 양 하늘 한 조각씩 내려놓는다

점점이 이고 지고 날리는 감잎의 하늘,
어둠의 물기가 젖어가는 여러 날
한 땀 한 땀 조각들을 이어주고

월하감나무 서쪽, 감잎 조각보로 술항아리
말없이 끌어안아 품온을 올린다

무른 결을 썰고 치대어 홍건한 상처
그 육즙에 밑술을 부어 무명천으로 봉해진
수런대고 두런대는 상처의 이야기 익어간다

늦가을 술방, 그대 품의 발효온도가 달디달다.

그 바다에 술향이 익어요
- 유자주

아미타불 경전 소리 같은 빗소리, 잦아들지 않고
열독으로 속이 시끄러운 날에는
못난이 유자로 술을 빚는다

어느 한 곳 고른 데가 없이 울퉁불퉁 제각각인 유자,
눈길도 손길도 닿지 않은 몸속 마음속을 고루고루 씻어내
쏟아놓은 물속이 온통 유잣빛이다

유자의 풍미, 유자의 언덕, 유자의 섬
술방은 유자가 흔들리는 세상 이야기,
눅눅하게 젖어오는 수다스러움으로 반짝인다

그래, 유자 이야기가 출렁이는 껍질을 잘게 채 썰어
유자향 언덕에서 따온 솔잎도 100그램 넣어주자
찹쌀 두 되 반과 멥쌀 두 되 반으로 지은 고두밥,
열탕으로 소독한 술독과 함께 손이 시리게 식혀

파도치는 세상 읽기의 물결무늬, 조심조심 손안에 쥐어
밖의 껍질과 안의 속청을 열어주자

너울물결 따라 낙과되어버린 시간도
피할 수 없는 팔월 화기에 데인 상처도
고루고루 달래어 술독에 담아 두는 시간

통통배가 사선을 긋고 가는 길 따라
그대 상처 같은 비도 멎고
유잣빛 옥양면보로 봉인한, 가을바다의 풍미가
부처의 낯빛으로 굽이굽이 익어간다.

무릉도원주

육신의 누룩 신국 2냥을 법제하여 거친 가루로 빻아 물 1
되에 일곱 시간을 불리라는 무릉도원주의 제조법을 읽는다
우선 육신의 백출 청호 창이 행인 야요 적두로 빚은 신국을
돌절구에 빻자 백호 청룡 구진 현무 등사 주작들이 쿵쿵 들썩
이고 소주방에 한 자리씩 길을 내어 앉는다 뿌연 신국가루에
형국을 드러내는 곳으로 신년 운길이 어떤지 사주를 내밀어
볼까 아주 잠깐 흔들렸는데, 아뿔싸 절구질이 어긋나고 신국
가루에 버무린 손가락 끝마디, 피멍이 터진다

무릉도원에 취할 내일일랑 후다닥 밀쳐내고 지금, 아픔이
가라앉는 처방전을 읽는다.

외암마을 과꽃이 홀로 취한다
- 연엽주

외암마을 연엽주 푯대에 눈길이 닿아
육자배기 소리를 돌아 주모를 불러본다

연꽃향이 짜르르 명줄을 팅기듯 넘어가는 유혹
저버리기가 참으로 어려운 일
염치도 접어두고 청하지도 않은 객이 되어
다시 사립문을 흔들어 열고 들마루에 앉았다

빈집 들마루 한켠으로 무명지에 입을 막은 술독
술향이 날 바라보니
마주 앉은 마음이 불콰해지건만
부끄럽게 돌아앉은 과꽃이 그대의 마음문짝을 흔들어 본들
나서는 이가 없는, 외암마을

이른 달빛마저도 바삐바삐 들녘을 나서는 가을걷이, 시월일랑
여여한 마음자락만 놓아두렵니다.

술방에는 아버지의 일기장이 있다
- 청명주

아버지 집, 층층이 쌓아놓은 상자들의 먼지 덮개를 흔들자
눅눅한 습기의 상자에서 아버지의 일기장이 보인다
빛바랜 글자들이 오종종 줄 안에 들어가 있다

빽빽하기도 헐렁하기도 한 소소한
아버지의 시간을 열어볼수록
아내와 딸 아들의 시간이 퍼즐 조각으로 채워져 있다

15년 전 추석 전날의 오늘,
남자의 이름자로 살아가는 마음마저
접어버린 아버지의 시간, 아버지의 눈빛을 읽는다

췌장암 수술을 완강하게 거절하시던
일 년을 더 살자고 집을 팔 수는 없다는
호주로 세대주로 보호자로 남편으로,
등을 깊이 기울여 마시던 청명주

추적추적 비는 오고
아버지의 함자 진 양자 수자를 한 자 한 자 힘주어 쓴
제문 앞에 청명주를 올린다

비 오는 날 즐기시던,
달게도 드시던 모습이 일기장에 앉아있다.

가을 술방에는 어머니꽃이 핍니다
- 맨드라미 화주

음력으로 구월 스무여드레,
이맘때쯤 소소원 맨드라미 햇살은 아주 붉고 붉지요
발그레진 맨드라미길 따라 이어진 돌담 아래
어머니 손도 붉은 꽃이 됩니다

혼자 피고 혼자 시들고 다시 피는
그림자까지도 저승꽃이 만발하는
여든여덟 꽃의 시간이 된 어머니

오늘, 어머니 손길이 되어
굽이굽이 굴곡마다 길고 더운 숨을 쓸어 핀
맨드라미 한가득, 술밥에서 한소끔 김 올려
빚은 가양주를 드리니

불그레 핀 미수米壽의 낯빛에서
어머니 손에서, 이승의 붉은 꽃

돌담 그림자에 기댄 열여섯 수줍음이 살짝 보입니다.

3부

그대에게 보내지 못한 엽서

어머니의 홍시

12월 4일 소소원 가장 깊은 어둠에
제문으로 소지 올려 길을 열어보니

폴폴하게 눈도 날리는데

소소원 뒤뜰에 그대가 두고 간 감나무
동이 홍시,

그대 보듯 바라보라시며

하얀 잇속이 훤히 보이도록
초승달빛으로 달디달게
웃으시는 어머니.

자운영 자운영

잔잔히 산물 흐르는 소소원 뒷길
아주 작은 그림자로 수런대던 물가

마음 줄까지 끊은 지 오래되어 지워졌다

십이월 가을이 며칠 그리고 여러 날
어룽거리는 낮빛이 낯설지 않은
초승달빛으로 오르락내리락 날 흔들어 놓는다

청하지 않아도 온다

달랑 한 줌 온기만 어둠에 싸서
나를 버리고 간 사내가 구부정히 걸어온다
오고 가는 마음 따라 피고 지는 자운영 길로 온다.

홍랑 애가 洪娘哀歌

고죽,
그대 무덤가에 제비꽃이 피어
이제 한 시절이 또 오고 있어요.
열 손가락 마디마디에 불 당겨
마지막 소지를 고합니다
한껏 분내를 풍기는 봄볕으로
그대에게 잠시 머물다간 이별이
살아가는 순간순간 결코 눈물이 아니랍니다

이승과 저승이 산안개처럼,
때론 산그늘이 되어 하루에도 수천 번 오고 가는
길에서 그대의 모습을 보고 있어요
있다고 보는 것도 없다고
만나지 못하는 것이 아니라는 것을 알고 있기에
그대의 시를 품은 제 핏속 온기가 제비꽃인 양
설렘으로 서녘의 노을이 되어가고 있습니다
시가 되어가고 있습니다

시묘 삼 년이 되는 마지막 밤,
오늘따라 열두 폭 병풍으로 이지러진

달빛이 육신을 가리어 주고 그대가 지어준 별,
홍랑이 그대 이름을 부릅니다

흔들리는 별빛이 대숲바람 되는 봄밤입니다.

동학사 벚나무 키스엔딩

달빛과 벚꽃이 어룽대는 동학사 밤길을 혼자 걷는,
바람마저 꽃놀이패에 쓸려간 스무 살의 길, 참 짧았지

여러 해 벚꽃이 지고 피는
낮빛을 벚꽃으로 덮은 1982의 길, 어느새 잊었더라

시간이 쏜 화살인 줄 알았는데 아니다
살아있음의 하루가 마음에서 지우고
다시 지워도 길고 또 길기만 한, 남아있는 시간

춘설이 오락가락 비까지 흩뿌리며 끝을 보려는,
어제는 창문까지 두드리며 끝장을 보여달라는,
산벚꽃에게 안부의 수신호를 보내는 하루에서

나날로 접어가는 2020 코로나의 봄길, 길고도 길다

시집을 읽어가며 엽서도 써가며 마음에 엉킨 상처까지
시간을 물 쓰듯 써보는 버킷리스트 실행하고

이제, 마지막

1982년 동학사 벚나무 키스엔딩으로 끝내고 인증 샷.

원대리 자작나무 숲에서
그대 별을 기다린다

궁수자리 삼열성운(Trifid Nebula)에는 파란 방으로 열리는 나의 별이 푸른 자작나무 숲으로 이어져 있어 파랑새가 날아다닌다 그 파랑새 소리에 귀를 열어두면 온통 청푸른 생각들이 돋아난다

파랑새를 향해 화살을 쐈던 그림자의 시간이 밤을 저어 지나가는 궁수의 시간으로 싹을 올리고 화살 끝에 욕망의 시위를 끌어당겨 쏘았던 살아간 날들의 흔적들이 잎으로 흔들리고 파랑새 깃털을 스치고 지나는 순간, 찰나로 반짝이고 사그라지는 성운의 안개가 낙엽으로 떨구는, 마치 센서에 노출된 푸른 방으로 새가 되어 날아가는 궁수의 시간을 원대리 자작나무 숲에서 보았다

그대의 비워진 화살통은 아직도 원대리 자작나무 숲, 파란 방에 놓여 있는지.

홍매화 사랑

삼짇날 지나 느닷없는 눈바람
서툰 마음 안으로 오락가락, 휘젓네

노루 꼬리 같은 볕에 앉아
홍매화에 눈길 주었는데

내 탓인가
봄 탓인가

그대 마음자리 빗겨
분분히 날리어 떨어지는
저 마음 하나도 놓아두지 말걸

발길도 돌리지 못한 채
어쩌지 못하던 첫사랑 얼굴, 홍매화 진다.

시월의 정情

사과 농사하는 고모가 다녀가신 날이면
어머니 머리에는 무명천이 질끈 묶여
마치 파업하듯 부엌 불이 꺼져 있다
어김없이 고모가 휘저어 놓은 시간의 기억,

그러나 딱 한 번

시월 말경
고모가 사과를 보냈다는 소식이 오는 날
고모랑 통화하는 동안
사과즙이 입안에 고이는 목소리

대전역 수화물 앞으로 트럭을 부르시는
사과 상자를 싣고 오시는
어머니 볼은 사과 같은 웃음이 가득한

이제 서녘으로 기우는 노을 밭, 주렁주렁
붉어지는 기억이 어둑한 시간

고모의 부고가 도착한다

팔순 노모 내려앉은 눈꺼풀이 젖는다.

그대라면 약이 되는가 보다

한계령 길로 안내한다
여러 번 빗길에 잡혀 인제로 되돌아가던 곳,

절경이라고 이름표 달고 있는 길마다
핸들에 힘이 들어가
정신줄마저 흔들린다

오르막 지나 내리막으로
늦장마 빗줄기가 사납게 쏟아지는

브레이크를 급히 밟았다

출렁 옆으로 쏠리는
그대의 코 고는 소리가 요란하게 기운다

숙소 가는 빠른 길
(저승길이 이러려니 싶다)
하지만, 그대가 있다면
저승길도 약이 되는가 보다

빗길 같은 시간들,
어지간한 내리막은 웃음으로 달린다.

춘설

탁배기항아리에 싸락눈이 오고 있네

취기가 도는지 앉기도 전에 언 몸을 녹이네

오뉴월에 품은 서릿발 마음줄까지 놓아버리는,

속없는 여자.

눈 오는 밤은 고백하기 좋아요

양철 우체통에 눈이 날린다
드나들던 이야기들이 바람에 몸을 흔들 적마다
붉은 칠이 벗겨진 자리에 눈이 쌓인다

햇살이 얼비쳐 기우뚱 기울어진 자리가 더 기울어지고
상처들이 또렷하게 반짝이던 곳으로 싸락눈이 쌓인다

내리고 녹아내리고 다시 내리고
사흘 밤낮으로 그치고 내리고 멈추고 달려와 쌓인다

쉿
그대에게 스며들어 숨을 쉬듯
마치 푸른 귀를 달고 고백하는 시간

전송되지 못한 기억들이 눈의 나라 붉은 별에서 오고 있어.

물회 피서

여름자리 별들이 언덕을 오르는 시간에
바람이라도 만날까 싶어 걷는다

끈적이고 질척거리는 바람을 밀치고
거제 '바람의 언덕'에서 내 마음에 돛대를 펴고
선선한 눈매로 옴짝달싹 한 발도 물러서지 못하게 잡아서는

울렁이던 포옹으로 입맞춤하던 바다
체취의 시간을 찾아 걷는다

사춘기 이후로 여전히 복중에 꾸는 꿈이 고질이다
이런 날이면 바다를 말아놓은 물회 한사발로 속더위를 삭인다.

그대에게로 가는 돌담, 후박나무

그녀의 후박나무는 나였다

유월의 소나기가 후들기는 잎, 줄기마다 묵묵부답 묵묵부답 젖어들어

언제 멎을지 알 수 없는 상처의 시간들을 어우르며 시월의 아침으로 내게 온

그녀는 나에게 후박나무였다

후박나무 잎으로 시월의 노을들이 들어앉으면 노을빛의 번짐으로

내 창에 어룽이며 서성이는 그림자, 그 그림자에 상처의 얼룩들이

스미어 청보라빛 옥양목으로 시월 햇살이 된

나는 그녀의 후박나무로

가을 햇살에 무명실을 꿰어 한땀 한땀, 툭툭 떨어진 내 마음을 기운다

닿는 것마다 날갯짓으로, 후박나무빛으로

그대 걸음이 되어 오늘 후박나무 돌담을 걸어간다.

동거 거부를 받다

꼬리갈거미가 창유리에 눈을 붙인 채
나를 바라보았다
긴 다리만 분주히 움직였다

동거할까 말까

거미줄을 바지런히 쳐대는 걸음,
거미줄이 창유리와 창틀에 짱짱하게 올라오고 있다

행여 일가라도 이루면
어수선하지 않을까 싶다

동거하지 말까 할까

오늘부터 장맛비가 내린다고 하니
빗물에 거미줄도 걷어지겠지

문득, 창밖은 내 것이 아니지 않던가
창 안으로 들어올 의사가 없는 꼬리갈거미

거미줄이 쳐진 창 한쪽으로 구름이 겹겹으로 보이고
후줄근한 바람이 창을 들이친다
거미줄이 홀러덩 찢어져 날아간다

거미의 신탁이다

주저 없이 동거 거부를 보내는 꼬리갈거미,
나 지금 차인 거다.

십자수 손수건

삼월 볕이 이렇게 좋은 날에는
도안을 따라 십자수를 놓습니다

그대와 바라보던 청보라빛 나비도
스텝 스티치로 날아가게 하고
함께 부른 노랫가락도 크로스 스티치로
달뜬 발소리까지 모양 잡아 수를 놓지요

들쑥날쑥합니다 바늘에 찔려 놀라기도 합니다
여전히 서툰 솜씨가 상처를 만들고 있어요

한껏 멋을 부려 수를 놓으려 해도
하나 둘 기억에서 가져온 제각각 상처처럼
이어가기가 어렵습니다

아직도 익숙하지 못한 사랑의 방법입니다

이런 날에는, 잠시 나를 햇살에 내어놓아요

상처의 얼룩을 상큼한 바람에 널어 주고

그대의 손수건에 십자수를 놓는 오늘, 생일입니다.

봉인 해제
- 꽃의 시간

약 1억 년간 노란 호박琥珀 속에 갇혀있던 꽃
송진빛 노란 선과 선에 머물던 꽃의 시간

2mm의 작은 꽃잎 속 꽃술이 가부좌로 시간의 문을 여니
소나무 면벽의 수행자 옷깃,
솔향까지도 숨을 낮춘 시간의 풍미,
중생을 어루만지던 부처의 낯빛,

작고 낮은 곳으로 부처의 손길이 한걸음 한걸음
티끌 세상으로 걸어오시는 날,

초침과 분침의 업보로 달리던 걸음을 멈춰
합장을 한다.

영평사, 여여한 풍경

바람이 따라주는 구절초 풍미를 마시고
대웅전이 내어준 뒤뜰 그늘에 잠시 앉아보라

백 팔 배로 절뚝이며 구절초 능선으로
넘어가는 새털구름,
복중 더위에 후루룩 제 몸 말아
저만치 석가불 돌아 돌아
탑돌이 하는 떡갈나무잎,
동무 삼아 그늘에 꼭 앉아보라

귀 닫고 눈 감고 입 막아라 하니
마음터에 수없이 돌탑을 짓는
오장육부 휘어지는 어제의 무게
구절초부처 곁에 지천으로 부려놓고

그대 그림자, 여여한 그늘이 되어있다.

환생幻生

이목구비 단아한 그대가 있는 갑사로 간다

두 손 마음에 얹어 눈을 감으면
갸름한 얼굴 곧게 뻗은 콧마루
가늘게 뜬 두 눈 살짝 미소 짓는 입술

마음 줄 끝을 온통 흔들어 놓는 갑사로 간다

해마다 그대 이름을 밀어 넣을수록
점점이 뜨거워지는 언어가 있어

몸을 낮추어 기도하게 하는 갑사로 간다

흠결의 정령들 하나 둘
죽어서도 업을 지고 가는 고단한 걸음 놓고
산사에 이슬로 내려

일주문 지나 느티나무 잎사귀마다
붉은 연애편지를 돌돌 말아 보내는 곳

백로가 지난 오늘,
범종 속 지장보살로 환생하는 갑사에서,
가을부처를 만난다.

별 하나 나 하나

그대가 준 모종을 깜박 잊었다.
문득, 그대 눈빛이 떠오르고 봉선화 모종이 생각났다

잎이 노랬다
줄기는 배배 비틀어져 훅 꺾여있다

숨 줄기가 멎었나 싶다

그래, 아주 잠시 잊어버린 것이라고
마음은 뜨겁게 두고 있었다고
나도 숨줄이 탁탁 막혔다고 고백한다

안타까움에 쓸어보는 손끝으로 올라오는 이 물줄기,
살아있음을, 비명같은 신호를 보내오고 있어

괜찮다, 괜찮다
나를 내려다보는 그대 봉선화빛 별을 보았다.

4부

그리움도 약이 된다

아버지, 고래를 언제 찾나요

아버지,
일러주신 고래의 주소대로
빌딩 사잇길로 파도치는 바람의 네거리에 서 있습니다

아버지가 손에 쥐어 준 포경이 자꾸 미끄러집니다
여러 번 여러 날 던지고 던진 날들 땀으로 흥건하게 젖어
마음 줄이 축 처져있어요

아버지 무섭습니다

사실, 바람이 수면을 치고 솟아오르는
고래의 시간이 오지 않기를 기도합니다
심장에 그려놓은 고래 지도는 이제 낡아 너덜거려요

하지만
초록 신호가 오면
고래 눈빛을 언뜻 보았다는 아버지 그림자처럼
빠르게 네거리를 건너갈 겁니다

휘어진 아버지 등에 수평선을 긋던 빌딩의 사각 불빛,
향유기름으로 이글거리는 곳,
힘껏 달려갈 겁니다.

그리움의 보상 청구서

문창동 국숫집에서 막냇동생이랑 뜨거운 국물로 속을 채운다
서로 마주 보고 앉았지만 매운 땀을 훔치며
아버지처럼 먹는 모습을 흘깃 본다
20년 전 아버지의 시간이 성큼 눈앞에 앉아 있는,
아버지의 흰머리처럼 동생도
집안 내력으로 이제 반백이라며 싱겁게 웃는다

누이, 여기도 재개발한다네요

보상하라는 현수막 붉은 글씨가 빗물에 휘둘리는,
곳곳이 어수선하게 나부끼는
머릿속 추억이라고 말한 조각들이
기억의 시간이 갈아엎어지고 아스팔트로 쓸려가는 정적,
나는 뭐라 답을 내지 못한 채
뻘건 국수 국물을 그릇 바닥까지 비운다

아버지 그리움이 채워진다고
이렇게 으슬으슬 비가 내리면
아버지를 만나러 온다고 하는 그곳, 문창동 국숫집에서
매운 기가 속 밑창까지 훑어내는지, 마음까지 쓰리고 저리다.

비문

일생 세 번의 눈물로 살고자 했던 남자

자식의 웃음 값으로 마지막 소신도 팔아버린 남자

아버지.

나의 영웅

그 집 뒤뜰 서북향의 고샅,
살얼음 길에 싸락눈이 내립니다

아버지의 발소리가 오고가는 길입니다
서쪽으로 잠시 들리는 볕에도 얼음길은 사납습니다
저벅저벅 아버지의 큰 걸음을 따라갈 수 없습니다

아버지는 슈퍼맨입니다
황금빛 노을을 등에 걸은 아버지의 눈빛은
붉은 망토를 날리는 슈퍼맨입니다
볼이 패일 적마다 반짝이는 담뱃불은
조릿대에 질척이는 좁고 긴 고샅 어둠을 댕강 쳐내지요

뒤뜰, 아버지 걸음으로 싸락눈을 밟고
잠시 하늘을 보니
구름 언저리로 기억에 라이터를 당긴 노을이 오고 있어요
아버지 그림자에 앉듯이 오고 있네요

아버지세상의 센서는 장애가 전혀 없지요

슈퍼맨, 내 앞에 봄으로 왔어요
입춘입니다.

갈색 사마귀의 메시지

달빛이 아직은 남아 있는
마른번개가 유리창에 부딪친다
곧 소나기가 들이칠 지경인가 창문을 보니
날갯소리가, 날갯소리가 줄을 타고 있다

갈색 사마귀, 팽팽한 거미줄에 걸려
아직 푸른 날개 죽지에 힘을 주고
살아보려는 시간

그들의 살아가는 시간, 더는 관심 둘 일도 아니었다
창문을 닫자
찰나, 창을 때리는 빗방울들, 찢어진 거미줄 세상

갈색 사마귀가 허둥지둥 벗어나고
전생의 업을 걸어버린 어느 억겁의 세상에서
소나기 흠뻑 맞는 나의 날개는 지금, 누구의 창을 두드리는가.

홍랑의 별

첫눈이 온다는 소설, 겨울비가 내립니다

묏버들 꺾던 손길이 푸르게 물들어
버들가지 물길이 멍울로 고이고 고인, 하얀 김을 올리는
얼음장으로 쨍쨍 소리내어 울던 홍랑의 밤,

그대의 이름자를 끌어안고 오고 가던 함관령
젖는 발자국들은 어디로 떠내려가고 있나요

눈에서 멀어질수록 마음길로 들어서는 발걸음 소리
하룻밤 인연이 수천 갈래 그대 창에서 서성이는 붉은 별,

마음줄을 끊어내지 못한 채
눅눅히 젖어가는 들창을 밀치고

길 안으로 때론 그 길 저 멀리 밟아
댓잎 속으로 430여 년을 걸어온, 홍랑의 첫눈

붉은 별에서 지금, 오고 있는가요.

마티고개 대설

시간이 멈춘 곳, 마티1구를 간다
찔레꽃 피던 자리는 어딘지도 모르겠고
고라니 길로 이어진 곳

눈길에 푹푹 빠져 발이 시리다
손도 시리고 볼도 칼바람 자국으로 아프다

갈랫길로 들어서면
너의 빈 집,

숭숭한 바람구멍 들락거리는 마음
안으로 호호 입김 불어 메워주던 시간을 지고 갔는지
너도 나만큼 몸이 시린지 춥고 떨리고 아픈지, 묻는다

순정한 웃음 같은 눈이 그치지 않는다

내가 너에게 걸어온 시간의 걸음 자국
다 묻어지고 있다
저 눈길 속 찔레향을 밟고 걸어가는
마음길, 너의 흔적도 눈이 되는구나

마티고갯길, 살아가는 길과 살아간 길의
산자와 망자의 경계가 다 눈이 되는구나.

무당거미의 여행

물푸레나무 무당거미가
바람이 쥐어준 지도를 따라
물푸레 잎에 맺힌 물방울 세상으로 가고 있어요

한때의 푸른 잎맥으로 감아올린 물방울 세상
한때의 연초록을 풀어놓은 길
물푸레 가지에서 가지로
먹줄을 길게 더 길게 뽑아내고 있어요

겨울 볕은 노을 따라
바삐 길을 재촉하지만
숨이 차고 다리도 부들부들 떨려
한 걸음도 디딜 수 없어요

마음에 칭칭 감아놓은 이야기
팽팽한 이 줄, 놓아 버릴까

모든 길을 물푸레나무 등걸이에 건 채
물방울 세상으로 가는 길을 놓아 버립니다

되돌아가기는 너무 멀리 와버린, 지도의 끝입니다.

신종 문물 적응기

도깨비 나라로 이사를 했습니다

왕방울 외눈박이 눈에 감투를 쓰고 도깨비방망이
어깨에 툭 걸치고 천지간에 분별없이 노는 도깨비가
낮달로 걸어 다닌다는 이야기는 이곳에 없어요

이야기가 없는 도깨비 나라에서
도깨비가 되어야겠다고
도깨비처럼 웃고 자고 걷고 생각하다가
힘 있는 도깨비방망이 분양 소식을 들었지요

도깨비방망이 분양 조건의 책장을 넘기다가
잠들어요, 너무 복잡하고 어려워서
졸고 있으니, 이사한 마음도 책자로 넘어가요

세상 살기가 쉽지 않다지만
소리가 순해진다는 이순耳順에
사람 소리 지우지 못하고
도깨비 나라로 발을 들여서
도깨비방망이 두드리는 소리를 찾아요

어려워요, 참
힘에 부칩니다

도깨비 나라에서
분양받지 못한 떠돌이, 집 없는 도깨비가 되어
도깨비방망이 분양 한번 받자고
낮달 같은 도깨비가 이야기합니다.

그리움에도 약이 있다

당단풍에 그리움이란 노을이 산다고 하네요

땅이든 물이든 불쑥불쑥 성정을 가리지 못하고
사방 천지로 붉은 속내를 꺼내는
살 속의 뼈, 뼈에 사무친 마음이 저려서 그리한다고 하니

십이월 저녁 어귀
기댈 곳 없는 노을을 불러서
술죽을 쑤어 보렵니다

세월에 기대라는 세상 처방은 접어두고
내 친구 이백이 귀띔한 술을 빚어 보렵니다

후두둑 먼지처럼 털어내지 못한 뼈 아픈 병
밤을 새워 달빛에 익힌 계명주 한 사발,

대취한 처방입니다.

시 값

경상도 사천이 본가인 조부는 핏줄에 대한 애착이 유별났다
나를 볼 적마다 시값을 못하는 물건이라 지칭했다

어머니는 정월 18일이면 나를 낳은 죄로
손수 끓인 뜨거운 미역 국물에 서러움을 훌훌
저어서 말아 먹었노라 주문처럼 들려주신, 시값이다

시 값이 씨 값이라는 걸 철들고 알았지만
시인으로 붙인 필명에 이름값은커녕
아직도 씨 값 못하는 만큼 시 값도 못하기는
매양 같다

문득, 시 값은 얼마인가
조부 기일에 가양주를 올리면서 궁금했다

물어보나마나
시값도 못하는 술은 물리쳤을
조부 눈길이 다가온다.

어머니의 감나무

돌담 위에 떨어진 감나무 잎, 사진을 찍어요
줌을 당기고 위로 아래로 초점을 잡아 줄 때마다
주황 감잎 물이 빛으로 오네요

어머니, 오늘은 주인공이십니다
햇살로 빚은 황금마차, 저 감나무 가지는 마부가 되어 주세요
한평생 두르신 행주치마 떨구시고
노을 레이스 살랑이는 열아홉 신부가 빛으로 지금 도착했어요
순간의 시간이 마지막 종을 울리기 전에
기억 속으로 사진을 찍어야지요

오늘도 어머니의 감나무, 시간들이 별이 되어 떨어집니다
화상도의 성능을 높여 찍은 사진을 보자
온통 감빛으로 저 황금마차가 달려오네요

지금 막, 돌담 위에 도착한 그대의 가을입니다.

살값

이순이 넘은 나는 젓가락질을 못한다
젓가락을 쥐어 본 기억이 없는 유년의 밥상 자리였다

한 해에 두 번 웃으시면 시절이 좋았다는 조부는
내가 젓가락을 찾으면
살값도 없을 수 없는 물건이 뭔 딱딱 젓가락질이냐고
투박하고 무거운 경상도 말투로 야단치셨다

살값이 얼만교, 할배

그날 이후
내 밥그릇은 늘 바닥에 놓여졌고
살값을 꼭 할배에게 갚겠다고 상처 같은 심지를 박은
지금까지 살값으로 들은 쌀값은 '아직도'이다

할배, 시 써서 살값은 택도 없어예

여전히 젓가락질 못하고
가까이 있는 국에 밥만 말아 먹는다.

시인의 노래

북극성이 긋고 간 바람길에 시인이 길 나서고
주인 떠난 둥지에 비가 새고 있다

크고 작은 물방울 세상이
서로 기대어 떨어지는 저 소리
낙산가에 곤줄박이 삼삼오오
노래 부르던 그림자 온기인가

이승과 저승의 길
그 길 가는 길목 49일째
곤줄박이 젖은 깃털은 달빛에 마르지도 않았건만
항아가 빚는 술에 불콰하게 속을 데운 발자국,
새벽 독경 따라 혼령은 벌써 떠나가는구나

멈추세요
아주 잠시 잠깐이라도 기다려 주세요

곤줄박이 초라한 날갯짓, 이리저리
비에 젖은 둥지 위에 앉지도 서지도 못하고
자꾸자꾸 울고 부르고 부르는 노래

둥지가 마른 날에 무지개 들 듯
시인의 노래, 아!
곤줄박이에게 들려주는 스승의 노래, 어찌 잊을까요.

성묘

성묘 가는 길, 밤나무 가지에 얹힌 눈덩이들이
툭툭 말을 건다
눈바람까지 거들면서 후루룩 눈 오는
이야기 하니 수다스러움에
시린 귀를 싸매고 저만치
서 있는 먹구름을 그날처럼 바라본다

눈 오는 날이면, 밥상을 물리고 술상으로 그림자를 길게
드리운 아버지 방은 아버지의 기침 소리, 아버지의 담배 연
기로 성벽을 친 요새가 되어 있었다. 어머니는 마치 요새를
진격하듯 아버지 방 쪽으로 요란스럽게 목청 높이셨다 눈
구름은 낮은 담을 참 느리게 넘어갔다

오늘, 어머니는 빚어 온 가양주를 술잔에 넘치게 따르고
깊이 숨을 넣어 총총한 담뱃불을
아버지 묘에 향으로 꽂는다

아버지 담배 연기 같은 함박눈이 내린다
당신, 술맛이 달겠구먼

아주 오랜만에 어머니 눈빛이
순하게 눈길을 밟는다
밤송이 가시도 눈에 묻혀 순하게 밟힌다.

가끔은 너에게 손을 흔들어준다

이렇게 봄볕이 좋은 날이면
살구 꽃잎이 점점이 날리는 스무 살 길을 걷는다

켜켜이 마음에서 꺼낸 자리로 살구 꽃잎 날리고
제각각 모양으로 구겨진 기억들
얼룩이 깊어 잊혀지지 않는 상처도
돌아갈 수 없는 떨림의 뜨거운 시간도
안부를 전하고 싶어진다

안녕하신가, 부사동

살구꽃이 날리는 골목, 가로등이 매달린 전봇대
담벼락 그림자를 나란히 세우고 있는
길 끝 계단
앉아 있던 시간아, 보고 싶다

늘 생각하지는 않았었지
아주 얼핏 한 컷의 잔영으로 오는
먼 시간들과 걸어보는,

봄볕 가운데 그림자로 달려가는 스무 살에게
손을 흔들어주는, 봄날의 꽃놀이다

시집 고아원

유수화 시집

5부

시인의 에스프리

치유의 공간에 초대한다

유수화

술방 〈소소원〉이 이사를 했다.

협소한 장소에서 빚던 술을 좀 더 나은 환경에서 얻을 욕심에 청양 운곡면 위라리 1구로 이주해 이제 겨우 비가림한 정도이다.

스승 생전에 소소원의 소나무 한 그루 사진 찍어 '박제천 나무'라 하겠다는 천둥벌거숭이 필자에게 흔쾌히 허락해 주시고 이명 시인과 동행하여 오시겠다고 약속하셨다. 하지만 백 년 만에 발생한 청양의 물난리로 수혜 복구가 빨리 해결되지 못해서 그만 소소원으로 모시지를 못해 불효를 했다.

스승 박제천 시인이 돌아가시고 허둥거리는 필자에게 을지로3가 수동예림의 김용범 시인이 치유의 방법을 제안해 주셨다.

인적도 없고 허술한 밤나무골에 소소한 거주를 마련한 나에게 '소소헌시림'을 해보는 것이 좋겠다 하셨다

전통주 공방 '소소원'이 또다른 공간인 '소소헌시림'이 된 연유

이다.

'소소헌시림'은 시적 공간이다. 시인에게 공간은 상상의 세계이다. 상상의 세계는 시인의 감성을 자극하고 시인의 심상에 스며들어 시적 모티브가 되는 중요한 요소이다.

'소소헌시림'의 시적 출발점으로 『시집 고아원』이란 제목을 달고 삼짇날 즈음부터 미미한 작업을 시작하였다. 무엇이든 습득이 느린 필자지만 시기를 놓치면 일 년을 기다려야 하는 조건이기에 일차적으로 박제천 시인나무를 식재하였다. 자제분의 의견을 수용해서 선택한 '산딸나무'는 서쪽 소나무 능선으로 기울어지는 노을 방향과 소소헌시림의 시작이 되는 길목에 봄햇살 가득 담아 터전을 마련했다.

그리고 노을이 머문 곳으로 산딸나무와 마주한 문배나무를 필자의 임의대로 강우식 시인나무라 지칭한 무례를 저질렀다. 강우식 시인은 호탕한 웃음으로 받아주셨다.

'소소헌시림'이란 이름를 지어 준 김용범 시인의 느티나무는 소소원에 볕이 시작되는 소나무 옆으로 자리를 마련하였다. 성성한 기운이 느티나무 그늘을 짓는 사유의 공간이 되고 있다.

이제 한 걸음 떼는 이 공간이 아직은 어수선하고 어설프기만 하다.

그러나 나의 방황과 다듬어지지 못한 감성들이 잔잔하게 고여서 『시집 고아원』으로 물길이 터지길 기도한다. 이곳 소소원과 소소헌시림은 고단한 발걸음이 쉴 수 있는 늘 개방된 곳이다. 필자는 이곳에서 늘 마중을 준비하고 있다.

요즘 필자는 소소원에서 햇살 따라 달맞이와 엉겅퀴가 번갈아 만나는 곳을 산책한다. 산책길에서 두꺼비와 딱 마주치고 기함했다. 나만 놀랐지 녀석은 가던 걸음대로 내 앞을 지나간다.

그래, 내가 이주민이지. 그제서야 욕심껏 부려 놓은 주변을 살펴보았다. 나의 관점에서 꾸려놓은 자리에는 이름도 낯선 그들의 상처가 고스란히 남아있다. 제문을 쓰듯 베어놓은 나무들 밑둥지에 빚어 둔 술을 부어 주었다. 이곳 소소원과 소소헌시림에서 시 짓는다고 술 빚는다고 생각하는 것이 얼마나 어리석은 일인가, 귀를 열고 산자락이 넘겨주는 바람에 몸을 내어주면 그들이 나에게 전하는 말을 받아적는 것이다. 이래저래 빚진 마음뿐이다.